L'AVOCAT PATELIN.

COMEDIE.

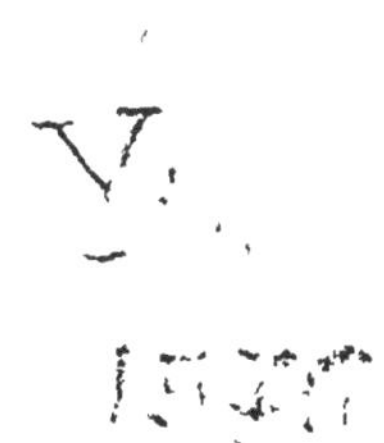

L'AVOCAT PATELIN,

COMEDIE.

DE MONSIEUR BRUEYS.

Le prix est de vingt sols.

A PARIS,

Chez PIERRE PRAULT, Quay de Gêvres, au Paradis.

M. DCC. XXV.

Avec Approbation & Privilege du Roy.

L'AVOCAT PATELIN,

COMEDIE.

ACTEURS.

MONSIEUR PATELIN, Avocat.

MADAME PATELIN.

HENRIETTE, fille de Monsieur Patelin.

M. GUILLAUME, Marchand Drapier.

VALERE, fils de M. Guillaume.

M. BARTOLIN, Jugé du lieu.

AGNELET, Berger.

COLETTE, servante de M. Patelin.

UN PAYSAN.

La Scéne est au Pallais

L'AVOCAT PATELIN,

COMEDIE.

ACTE I.

SCENE PREMIERE.

M. PATELIN *seul.*

CEla est résolu ; il faut, aujourd'hui même, que je n'ai pas le sol, que je me donne un habit neuf... Ma foi on a raison de le dire, il vaudroit autant être ladre que d'être pauvre. Qui diantre, à me voir ainsi habillé, me pren-

Dimon

droit pour un Avocat? Ne diroit-on pas plutôt que je ferois le Magister de ce Bourg? Depuis quinze jours j'ai quitté le village où je demeurois, pour venir m'établir en celui-ci, croyant d'y faire mieux mes affaires: elles vont de mal en pis. J'ai de ce côté-là, pour voisin, mon compere le Juge du lieu; pas un pauvre petit procès. De cet autre côté, un riche Marchand Drapier; pas de quoi m'acheter un méchant habit. Ah! Pauvre Patelin, Pauvre Patelin! comment feras-tu pour contenter ta femme qui veut absolument que tu maries ta fille? Qui diantre voudra d'elle en te voïant ainsi déguenillé? Il te faut bien par force avoir recours à l'industrie..... Oui, tâchons adroitement à nous procurer à credit, un bon habit de drap dans la boutique de Monsieur Guillaume notre voisin. Si je puis une fois me donner l'exterieur d'un homme riche, tel qui refuse ma fille...

SCENE II.

M. PATELIN, Madame PATELIN, COLETTE.

M. PATELIN.

MAis voilà ma femme & sa servante qui causent ensemble sur ma friperie. Ecoutons sans nous montrer.

Madame PATELIN.

Oh ça, Colette, je n'ai point voulu te parler au logis, de peur que mon gueux de mari ne nous écoutât.

M. PATELIN *à part.*

L'y voilà.

Madame PATELIN.

Je veux que tu me dises absolument où ma fille peut avoir de quoi aller aussi proprement qu'elle va.

COLETTE.

Eh ! c'est, Madame, que Monsieur votre époux lui donne...

Madame PATELIN.

Mon époux! Il n'a pas de quoi se vêtir lui-même.

M. PATELIN *à part.*

Il est vrai.

Madame PATELIN.

Je te chasserai, & tu ne te marieras point avec Agnelet ton fiancé, si tu ne me dis la chose comme elle est.

COLETTE.

Peste ! Madame, il faut vous la dire : Valere, le fils unique de Monsieur Guillaume, ce riche Marchand drapier, qui demeure là, est amoureux de Mademoiselle Henriette, & il lui fait des presens de tems en tems.

M. PATELIN *à part.*

Ma fille puise dans la boutique où j'ai dessein d'aller.

Madame PATELIN.

Mais où prend Valere de quoi faire ses presens ? son pere est un riche brutal qui ne lui donne rien.

COLETTE.

Oh, Madame ! Quand les peres ne donnent rien aux enfans, les enfans les volent, cela est dans l'ordre, & Valere fait comme les autres ; c'est la regle.

Madame PATELIN.

Mais que ne fait-il demander ma fille en mariage ?

COLETTE.

Il l'auroit fait aussi, mais il craint que son pere n'y veüille pas consentir, à cause, ne vous déplaise, que notre Monsieur va toujours mal vêtu. Cela fait mal juger de ses affaires.

M. PATELIN.

C'est à quoi je vais donner ordre.

Madame PATELIN.

J'entends quelqu'un, retire-toi. Ah! te voilà.

M. PATELIN.

Oui.

Madame PATELIN.

Comme te voilà vêtu!

M. PATELIN.

C'est que... je... ne suis pas glorieux.

Madame PATELIN.

C'est que tu es un gueux, & je viens d'apprendre que ta gueuserie rebute tous les partis qui se présentent pour notre fille.

M. PATELIN.

Vous avez raison. Le monde juge des gens par les habits; j'avouë que ceux que je porte font tort à Henriette, & j'ai fait dessein de me mettre aujourd'hui un peu proprement.

Madame PATELIN.

Toi, proprement! & avec quoi?

M. PATELIN.

Ne t'en mets point en peine. Adieu.

Madame PATELIN.

Et où allez-vous, s'il vous plaît?

M. PATELIN.

Je vais m'acheter un habit de drap.

Madame PATELIN.

Sans avoir un ſol, acheter un habit ?

M. PATELIN.

Oui. De quelle couleur me conſeilles-tu de le prendre ? gris de fer, ou gris de more ?

Madame PATELIN.

Et prens le comme tu pourras, ſi tu trouves quelqu'un aſſez ſot pour te le donner ; je vais parler à Henriette, je viens d'apprendre de certaines choſes qui ne me plaiſent gueres.

M. PATELIN.

Si l'on me demande, je ſerai ici à la boutique de notre voiſin.

SCENE III.

M. PATELIN.

ELle n'eſt pas encore fermée... Je ſonge que je ne ferai pas mal d'aller mettre ma robe ; outre qu'elle cachera ces guenilles, une robbe donnera plus de poids à ce que je dois dire à Monſieur Guillaume pour venir à bout de mon deſſein... Le voilà avec ſon fils, allons nous mettre *in habitu*, & revenons promptement.

SCENE IV.

M. GUILLAUME, VALERE.

ON commence à ne voir guere clair dans la boutique, exposons ceci un peu plus à la vûë des passans ... Oh çà, Valere, je t'avois dit de me chercher un berger pour garder le troupeau dont la laine sert à faire mes draps.

VALERE.

Est-ce, mon pere, que vous n'êtes pas content d'Agnelet ?

M. GUILLAUME.

Non; car il me vole, & je te soupçonne d'y avoir part.

VALERE.

Moi ?

M. GUILLAUME.

Oui, toi. J'ai sçu que tu es amoureux de je ne sçaï quelle fille d'ici près, & que tu lui fais des presens, & je sçais que cet Agnelet a fiancé une certaine Colette qui la sert, tout cela fait que je te soupçonne.

VALERE.

(*à part.*) Qui diantre nous a découverts.... (*haut.*) Je vous assûre, mon pere, qu'Agnelet nous sert très-fidelement.

M. GUILLAUME.

Oui toi, mais non pas moi; car depuis un mois qu'il a quitté le Fermier avec qui il demeuroit, pour entrer à mon service, il me manque six-vingt moutons; & il n'est pas possible, qu'en si peu de tems, il en soit mort, comme il le dit, un si grand nombre de la clavelée.

VALERE.

Les maladies font quelquefois de grands ravages.

M. GUILLAUME.

Oui avec des Medecins, mais les moutons n'en ont pas. D'ailleurs cet Agnelet fait le nigaut; mais c'est un fin niais, & le plus rusé coquin... Enfin je l'ai pris sur le fait, tuant de nuit un mouton, je l'ai battu, & l'ai fait ajourner devant Monsieur le Juge; cependant avant que de pousser plus loin l'affaire, j'ai voulu sçavoir si tu n'avois point quelque part au vol qu'il m'a fait.

VALERE.

Ah! mon pere, j'ai trop de respect pour vos moutons.

M. GUILLAUME.

Je vais donc le pourſuivre en juſtice, mais je veux examiner un peu mieux la choſe. Donne-moi mon livre de comptes. Approche cette chaiſe. C'eſt aſſez, laiſſe-moi. Si un Sergent que j'ai envoïé querir me demande, fais-moi appeller. Je reſterai encore un peu ici en cas que quelque acheteur ſe preſente.

SCENE V.

M. PATELIN, M. GUILLAUME.

M. PATELIN.

Bon, le voilà ſeul, approchons.

M. GUILLAUME.

Compte du troupeau, & cetera; ſix cens bêtes, & cetera.

M PATELIN *à part.*

Voilà une piéce de drap qui ſeroit bien mon affaire. (*haut.*) Serviteur, Monſieur.

M. GUILLAUME.

Eſt-ce le Sergent que j'ai envoïé querir? qu'il attende.

M. PATELIN.

Non, Monſieur, je ſuis...

M. GUILLAUME.

Une robe! le Procureur donc?.. Serviteur.

M. PATELIN.

Non, Monſieur. J'ai l'honneur d'être Avocat.

M. GUILLAUME.

Je n'ai pas beſoin d'Avocat. Je ſuis votre ſerviteur.

M. PATELIN.

Mon nom, Monſieur, ne vous eſt ſans doute pas inconnu : Je ſuis Patelin l'Avocat.

M. GUILLAUME.

Je ne vous connois pas, Monſieur.

M. PATELIN *bas.*

Il faut ſe faire connoître.... (*haut.*) J'ai trouvé, Monſieur, dans les memoires de feu mon pere, une dette qui n'a pas été payée, & ...

M. GUILLAUME.

Ce ne ſont pas mes affaires, je ne dois rien.

M. PATELIN.

Non, Monſieur, c'eſt au contraire feu mon pere qui devoit au vôtre trois cens écus, & comme je ſuis homme d'honneur, je viens vous payer...

M. GUILLAUME.

Me payer? Attendez, Monſieur, s'il vous plaît : je me remets un peu votre nom. Oui. Je connois depuis long-tems votre famille, vous demeuriez à un Village ici près. Nous nous ſommes connus autrefois. Je vous demande excuſe. Je ſuis votre très-humble & très-obéïſſant ſerviteur : aſſeyez-vous là.

M. PATELIN.

Monſieur.

M. GUILLAUME.

Monſieur.

M. PATELIN.

Si tous ceux qui me doivent étoient auſſi exactes que moi à payer leurs dettes, je ſerois beaucoup plus riche que je ne ſuis ; mais je ne ſçais point retenir le bien d'autrui.

M. GUILLAUME.

C'eſt pourtant ce qu'aujourd'hui beaucoup de gens ſçavent fort bien faire.

M. PATELIN.

Je tiens que la premiere qualité d'un honnête homme eſt de bien payer ſes dettes ; & je viens ſçavoir quand vous ſerez de commodité de recevoir vos trois cens écus ?

M. GUILLAUME.

Tout à-l'heure.

M. PATELIN.

J'ai chez moi votre argent tout prêt & bien compté ; mais il faut vous donner le tems de faire dreſſer une quittance pardevant Notaire. Ce ſont des charges d'une ſucceſſion qui regarde ma fille Henriette, & j'en dois rendre un compte en forme.

M. GUILLAUME.

Cela est juste. Et bien demain matin à cinq heures.

M. PATELIN.

A cinq heures, soit. J'ai peut-être mal pris mon tems, Monsieur Guillaume, je crains de vous détourner.

M. GUILLAUME.

Point du tout : je ne suis que trop de loisir, on ne vend rien.

M. PATELIN.

Vous faites pourtant plus d'affaires vous seul, que tous les négocians de ce lieu.

M. GUILLAUME.

C'est que je travaille beaucoup.

M. PATELIN.

C'est que vous étes, ma foi, le plus habile homme de tout ce pays... Voilà un assez beau drap.

M. GUILLAUME.

Fort beau.

M. PATELIN.

Vous faites votre commerce avec une intelligence....

M. GUILLAUME.

Oh, Monsieur...

M. PATELIN.

Avec une habileté merveilleuse.

M. GUILLAUME.

Oh, oh, Monsieur !

M. PATELIN.

Des manieres nobles & franches qui gagnent le cœur de tout le monde,

M. GUILLAUME.

Oh point, Monsieur.

M PATELIN.

Parbleu la couleur de ce drap fait plaisir à la vûë.

M. GUILLAUME.

Je le croi, c'est couleur de maron.

M. PATELIN.

De maron? que cela est beau! gage, Monsieur Guillaume, que vous avez imaginé cette couleur-là?

M. GUILLAUME.

Oui, oui, avec mon teinturier.

M. PATELIN.

Je l'ai toûjours dit, il y a plus d'esprit dans cette tête-là que dans toutes celles du Village.

M. GUILLAUME.

Ah! ah! ah!

M. PATELIN.

Cette laine me paroît aussi bien conditionnée.

M. GUILLAUME.

C'est pure laine d'Angleterre.

M. PATELIN.

Je l'ai crû. A propos d'Angleterre? Il me semble, Monsieur Guillaume que nous avons autrefois été à l'école ensemble?

M. GUILLAUME.

Chez Monſieur Nicodeme ?

M. PATELIN.

Juſtement. Vous étiez beau comme l'amour.

M. GUILLAUME.

Je l'ai oui dire à ma mere.

M. PATELIN.

Et vous appreniez tout ce qu'on vouloit.

M. GUILLAUME.

A dix-huit ans, je ſçavois lire & écrire.

M. PATELIN.

Quel dommage ! que vous ne vous ſoyiez appliqué aux grandes choſes. Sçavez-vous bien Monſieur Guillaume, que vous auriez Gouverné un Etat ?

M. GUILLAUME.

Comme un autre ....

M. PATELIN.

Tenez, j'avois juſtement dans l'eſprit une couleur de drap comme celle-là ; il me ſouvient que ma femme veut que je me faſſe un habit. Je ſonge que demain matin à cinq heures en portant vos trois cens écus, je prendrai peut-être de ce drap ?

M. GUILLAUME.

Je vous le garderai.

M.

M. PATELIN *bas.*

Le garderai, ce n'eſt pas-là mon compte. (*haut.*) Pour racheter une rente j'avois mis à part ce matin douze cens livres, où je ne voulois pas toucher; mais je vois bien, Monſieur Guillaume, que vous en aurez une partie.

M. GUILLAUME.

Ne laiſſez pas de racheter votre rente, vous aurez de mon drap.

M. PATELIN.

Je le ſçai bien; mais je n'aime point à prendre crédit.... Que je prens de plaiſir de vous voir frais & gaillard! Quel air de ſanté & de longue vie!

M. GUILLAUME.

Je me porte bien.

M. PATELIN.

Combien croyez-vous qu'il me faudra de ce drap, afin qu'avec vos trois cens écus, je porte auſſi dequoi le payer.

M. GUILLAUME.

Il vous en faudra.... vous voulez ſans doute l'habit complet?

M. PATELIN.

Oui, très-complet, juſte-au-corps, culotte & veſte, doublés de même; & le tout bien long & bien large.

M. GUILLAUME.

Pour tout cela, il vous en faudra.....

oui .... six aunes .... voulez-vous que je les coupe en attendant ?

M. PATELIN.

En attendant .... non, Monsieur, non, l'argent à la main, s'il vous plaît, l'argent à la main, c'est ma méthode.

M. GUILLAUME.

Elle est fort bonne .... voici un homme très-exact.

M. PATELIN.

Vous souvient-il, Monsieur Guillaume, d'un jour que nous soupâmes ensemble à l'Ecu de France ?

M. GUILLAUME.

Le jour qu'on fit la fête du Village ?

M. PATELIN.

Justement. Nous raisonâmes à la fin du repas sur les affaires du tems. Que je vous oüis dire de belles choses !

M. GUILLAUME.

Vous vous en souvenez ?

M. PATELIN.

Si je m'en souviens ? Vous prédites dès-lors tout ce que nous avons vû depuis dans Nostradamus.

M. GUILLAUME.

Je vois les choses de loin.

M. PATELIN.

Combien, Monsieur Guillaume me ferez-vous payer de l'aune de ce drap ?

M. GUILLAUME.

Voyons. Un autre en payeroit ma foi six écus ; mais allons, je vous le baillerai à vous à cinq.

M. PATELIN *à part*.

Le Juif.... (*haut.*) Cela est trop honnête? Six fois cinq écus, sera justement.....

M. GUILLAUME.

Trente écus.

M. PATELIN.

Oui, trente écus, le compte est bon.... Parbleu, pour renouveller connoissance, il faut que nous mangions demain à dîner une Oye, dont un Plaideur m'a fait present.

M. GUILLAUME.

Une Oye ? Je les aime fort.

M. PATELIN.

Tant mieux. Touchez-là, à demain à dîner : ma femme les apprête à miracle. Par ma foy, il me tarde qu'elle me voye sur le corps un habit de ce drap. Croyez-vous qu'en le prenant demain matin, il soit fait à dîner ?

M. GUILLAUME.

Si vous ne donnez du temps au Tailleur, il vous le gâtera.

M. PATELIN.

Ce seroit grand dommage.

M. GUILLAUME.

Faites mieux, vous avez dites-vous l'argent tout prêt?

M. PATELIN.

Sans cela je n'y ſongerois point.

M. GUILLAUME.

Je vais vous le faire porter chez vous par un de mes garçons ; il me ſouvient qu'il y en a de coupé juſtement ce qu'il vous en faut.

M. PATELIN.

Cela eſt heureux.

M. GUILLAUME.

Attendez, il faut auparavant que je l'aune en votre preſence.

M. PATELIN.

Bon ! Eſt-ce que je ne me fie pas à vous ?

M. GUILLAUME.

Donnez, donnez, je vais vous le faire porter, & vous m'envoyerez par le retour . . . .

M. PATELIN.

Le retour . . . . Non, non, ne détournez pas vos gens. Je n'ai que deux pas à faire d'ici chez moi : comme vous dites, le Tailleur aura plus de tems.

M. GUILLAUME.

Laiſſez-moi vous donner un garçon, qui me rapportera l'argent.

M. PATELIN.

Eh! point, point, je ne ſuis pas glorieux, il eſt preſque nuit, & ſous ma robe on prendra ceci pour un ſac de Procès

M. GUILLAUME.

Mais, Monsieur, je vais toûjours vous donner un garçon pour me....

M. PATELIN.

Et point de façon, vous dis-je.... A cinq heures précises trois cens trente écus, & l'Oye à dîner. Oh, ça, il se fait tard. Adièu mon cher voisin. Serviteur. .... Eh! Serviteur!

M. GUILLAUME.

Serviteur, Monsieur, serviteur. Il s'en va parbleu avec mon drap; mais il n'y a pas loin d'ici à cinq heures du matin, je dîne demain chez lui & il me payera, il me payera.

SCENE VI.

M. GUILLAUME *seul.*

VOilà parbleu un des plus honnête & des plus consciencieux Avocat que j'aye vû de ma vie. J'ai quelque regret de lui avoir vendu ce drap un peu trop cher, puisqu'il veut bien me payer trois cens écus sur lesquels je ne comptois point. Car je ne sçai d'où diable peut venir cette dette? A la bonne heure.... Oh, ça il s'en va nuit, & voilà je pense tout ce que je gagnerai d'aujourd'hui..... Holà, holà, qu'on enferme tout cela là-dedans.... Mais voici, je croi, ce Coquin d'Agnelet qui m'a volé mes moutons.

SCENE VII.

M. GUILLAUME, AGNELET.

M. GUILLAUME.

AH! ah! voleur! Je puis bien faire ici de bonnes affaires! ce scelerat m'emporte tout le profit.

AGNELET.

Bon vespre, Monsieur, & bonne nuit.

M. GUILLAUME.

Tu oses encore te presenter devant moi?

AGNELET.

Ce ne vous déplaise, mon bon Maître, qu'un Monsieur m'a baillé certain papier qui parle, dit on de moutons, du Juge & d'ajournerie.

M. GUILLAUME.

Tu fais le benest. Mais je t'assure que tu ne tueras jamais plus mouton: qu'il t'en souvienne.

AGNELET.

Eh ! mon doux Maître , ne croyez pas les médisans.

M. GUILLAUME.

Les médisans? Coquin ! ne t'ai-je pas trouvé de nuit tuant un mouton?

AGNELET.

Par cette ame ! c'étoit pour l'empêcher de mourir.

M. GUILLAUME.

Le tuer pour l'empêcher de mourir ?

AGNELET.

Oui, de la clavelée, à cause ne vous déplaise, que quand ils mourions de vilain mal, il faut les jetter, & on les tuë avant qu'ils mourions.

M. GUILLAUME.

Qu'ils mourions ! Le traître, des moutons dont la laine me fait des Draps d'Angleterre , que je vend cinq écus l'aune. Ote-toi d'ici, scelerat, six-vingt moutons en un mois !

AGNELET.

Ils gâtions les autres, par ma fy.

M. GUILLAUME.

Nous verrons cela demain devant Monsieur le Juge.

AGNELET.

Eh ! mon doux Maître, contentez-vous de m'avoir assommé, comme vous voyez, & accordons-nous ensemble, si c'est votre bon plaisir.

M. GUILLAUME.

Mon plaisir est de te faire pendre, entends-tu ?

AGNELET.

Le Ciel vous donne joye.... Il faut donc que j'aille trouver un Avocat pour défendre mon bon droit.

SCENE VIII.

VALERE, HENRIETTE, COLETTE, AGNELET.

HENRIETTE.

LAissez-moi, Valere, mon pere & ma mere me suivent; nous allons souper chez ma tante, ils m'ont dit de m'avancer, retirez-vous.

AGNELET.

Voulez-vous, Monsieur, que j'attaigne la lumiere ?

VALERE

Tu me priverois du plaisir de la voir. Belle Henriette souffrez, je vous prie....

HENRIETTE.

Non, Valere, je tremble.

VALERE.

VALERE.

Craignez - vous une personne qui vous adore ?

HENRIETTE.

Vous êtes la personne du monde que je crains le plus, & vous sçavez pourquoi. . . . Ne me quittez pas, Colette.

COLETTE.

C'est cet invalide qui me tire par le bras.

HENRIETTE.

Si vous m'aimez, Valere, ne songez à moi, je vous prie, que lorsque vous serez assuré du consentement de Monsieur votre pere.

COLETTE.

C'est à quoi Agnelet & moi nous avons fait dessein de nous employer.

AGNELET.

J'ai déja imaginé un moyen honnête qui réüssira, si Dieu plaît, quand je serai hors de procès.

VALERE.

Quoi qu'il arrive, je te garantirai de tout.

HENRIETTE.

Voici mon pere, fuyons tous.

SCENE IX.

M. PATELIN, Madame PATELIN.

M. PATELIN.

EH bien, ma femme, ce Drap est-il bien choisi ?

Madame PATELIN.

Oui, mais avec quoi le payer ? Tu as promis à demain matin ; ce Monsieur Guillaume, est un Arabe qui viendra ici faire le diable à quatre.

M. PATELIN.

Lorsqu'il viendra, songe seulement à ce que je t'ai dit, & à me bien seconder.

Madame PATELIN.

Il faut, malgré moi, que j'aide à t'en sortir : mais tu devrois rougir de honte de ce que tu m'as proposé de faire, & ce n'est point du tout agir en honnête homme.

M. PATELIN.

Eh ! mon Dieu, ma femme, en honnête homme ; il n'est rien de plus aisé quand on est riche que d'être honnête homme. C'est quand on est pauvre qu'il est difficile de l'être : mais laissons tout cela ; allons souper chez ta sœur, & dès que nous serons de retour, faisons ce ſoir même couper cet habit de peur d'accident.

Madame PATELIN.

Allons ; mais je crains que demain matin, il n'arrive ici quelque déſordre.

Fin du premier Acte.

ACTE II.

SCENE PREMIERE.

M. GUILLAUME *seul.*

IL eſt du devoir d'un homme bien reglé, de récapituler le matin ce qu'il s'eſt propoſé de faire dans ſa journée. Voyons un peu. Premierement, je dois recevoir à cinq heures trois cens écus de Monſieur Patelin, pour une dette de feu ſon pere : Plus, trente écus pour ſix aunes de drap qu'il prit hier ici. *Item*, un Oye à dîner chez lui, aprêtée de la main de ſa femme : Après cela, comparoître à l'ajournement devant le Juge, contre Agnelet, pour les ſix-vingts Moutons qu'il m'a volés. Je penſe que voilà tout ; mais ouais ! Il y a long-tems que l'heure eſt paſſée, & je ne vois point venir mon homme. Allons le trouver... Non, un homme ſi exact ne manquera pas de parole..., Cependant il a mon

Drap, & je n'ai point de ſes nouvelles : que faire ?... faiſons ſemblant de lui aller rendre viſite, & ſçachons un peu dequoi il eſt queſtion. Je croi qu'il compte mon argent.... Je ſens qu'on aprête l'Oye.... frappons.

SCENE II.

M. PATELIN, M. GUILLAUME.

M. PATELIN.

MA fa...a...ame.

M. GUILLAUME.

C'eſt lui-même.

M. PATELIN.

Ouvre la porte.... voilà l'Apotiquaire.

M. GUILLAUME.

L'Apotiquaire !

M. PATELIN.

Qui m'apporte l'Emetique, l'Emetique.

M. GUILLAUME.

L'Emetique.... C'eſt quelqu'un qui eſt mal chez lui, & je puis n'avoir pas bien reconnu ſa voix à travers la porte, frapons encore plus fort.

M. PATELIN.

Carogne ! Ma.. a... aſque, ouvriras-tu .... u....u !

SCENE III.

Madame PATELIN, M. GUILLAUME.

Madame PATELIN.

AH ! C'eſt-vous, Monſieur Guillaume?

M. GUILLAUME.

Oüi, c'eſt moi. Vous êtes, ſans doute, Madame Patelin ?

Madame PATELIN.

A vous ſervir. Pardon, Monſieur, je n'oſe parler haut.

M. GUILLAUME.

Oh ! Parlez comme il vous plaira, je viens voir Monſieur Patelin.

Madame PATELIN.

Parlez plus bas, Monſieur, s'il vous plaît.

M. GUILLAUME.

Et pourquoi bas ? je viens, vous dis-je, lui rendre viſite.

Madame PATELIN.

Encore plus bas, je vous prie.

M. GUILLAUME.

Si bas qu'il vous plaira ; mais il faut que je le voye.

Madame PATELIN.

Helas ! le pauvre homme ! il eſt bien en état d'être vû !

M. GUILLAUME.

Comment ? que lui ſeroit-il arrivé depuis hier ?

Madame PATELIN.

Depuis hier ! helas, Monſieur Guillaume, il y a huit jours qu'il n'a bougé du lit.

M. GUILLAUME.

Du lit ? Il vint pourtant hier chez moi.

Madame PATELIN.

Lui, chez vous ?

M. GUILLAUME.

Lui, chez moi : & il étoit même fort gaillard & fort diſpos.

Madame PATELIN.

Ah! Monſieur, il faut, ſans doute, que cette nuit vous ayiez rêvé cela.

M. GUILLAUME.

Ah ! parbleu, ceci n'eſt pas mauvais, rêvé. Et mes ſix aunes de drap qu'il emporta, l'ai-je rêvé ?

Madame PATELIN.

Six aunes de drap !

M. GUILLAUME.

Oui, ſix aunes de drap couleur de maron. Et l'Oye que nous devons manger à dîner? Hé, l'ai-je rêvé auſſi?

Madame PATELIN.

Que vous prenez mal votre tems pour rire.

M. GUILLAUME.

Pour rire! Ventrebleu, je ne ris point & n'en ai nulle envie; je vous ſoûtiens qu'il emporta hier ſous ſa robe ſix aunes de drap.

Madame PATELIN.

Hélas, le pauvre homme! Plût au Ciel qu'il fût en état de l'avoir fait. Ah! Monſieur Guillaume, il eût tout hier un tranſport au cerveau qui le jetta dans la rêverie, où je croi qu'il eſt encore.

M. GUILLAUME.

Oh! par la tête-bleu, vous rêvez vous-même, & je veux abſolument lui parler.

Madame PATELIN.

Oh! pour cela, en l'état qu'il eſt, il n'eſt pas poſſible. Nous l'avons mis-là ſur un fauteüil auprès de la porte pour faire ſon lit; ſi vous le voyiez il vous feroit pitié.

M. GUILLAUME.

Bon, bon, pitié, en quelque état

qu'il ſoit; je prétens le voir, ou...

Madame PATELIN.

Ah! N'ouvrez pas cette porte, vous allez tuer mon mari, il lui prend de tems en tems des envies de courir; ah! le voilà parti, je vous l'avois bien dit, aidez-moi à le reprendre : mon pauvre mari, repoſe toi là.

SCENE IV.

M. PATELIN, Madame PATELIN, M. GUILLAUME.

M. PATELIN.

Haye! Haye la tête.

M. GUILLAUME.

En effet voilà un homme en piteux état : il me ſemble pourtant que c'eſt le même d'hier, ou peut s'en faut.... Voyons de plus près.... Monſieur Patelin, je ſuis votre ſerviteur.

M. PATELIN.

Ah! bonjour, Monſieur Anodin.

M. GUILLAUME.

Monſieur Anodin?

Madame PATELIN.

Il vous prend pour l'Apotiquaire; allez vous-en.

M. GUILLAUME.

Je n'en ferai rien .... Monſieur, vous vous ſouvenez-bien qu'hier....

M. PATELIN.

Oui, je vous ai fait garder....

M. GUILLAUME.

Bon, il s'en ſouvient.

M. PATELIN.

Un grand verre plein de mon urine.

M. GUILLAUME.

Je n'ai que faire d'urine.

M. PATELIN.

Ma femme, fais-la voir à Monſieur Anodin, il verra ſi j'ai quelque embarras dans les uretaires.

M. GUILLAUME.

Bon, bon, uretaires, Monſieur, je veux être payé.

M. PATELIN.

Si vous pouviez un peu éclaircir mes matieres, elles ſont dures comme du fer, & noires comme votre barbe.

M. GUILLAUME.

Pa, pa, pa! voilà me payer en belle monnoye.

M. PATELIN.

Eh bien, Monſieur, ſortez d'ici.

M. GUILLAUME.

Bagatelles.... Voulez-vous me compter de l'argent? je veux être payé.

M. PATELIN.

Ne me donnez plus de ces villaines pilulles, elles ont ſailli à me faire rendre l'ame.

M. GUILLAUME.

Je voudrois qu'elles t'euſſent fait rendre mon Drap.

M. PATELIN.

Ma femme, chaſſe.... chaſſe.... ces papillons noirs qui volent autour de moi. Comme ils montent!

M. GUILLAUME.

Je n'en voi point.

Madame PATELIN.

Eh! ne voyez-vous pas qu'il rêve; allez vous-en.

M. GUILLAUME.

Tarare! je veux de l'argent.

M. PATELIN.

Les Médecins m'ont tué avec leurs drogues.

M. GUILLAUME.

Je ne rêve pas à préſent, il faut que je lui parle. Monſieur Patelin.

M. PATELIN.

Je plaide, Meſſieurs, pour Homere.

M. GUILLAUME.

Pour Homere?

M. PATELIN.

Contre la Nymphe Calipſo.

M. GUILLAUME.

Calipſo ! Quel diable eſt-ce ceci ?

Madame PATELIN.

Il rêve, vous dis-je, allez vous-en, ſortez, je vous prie.

M. GUILLAUME.

A d'autres ! Oh ça, quand vous aurez aſſez rêvé, me payerez-vous au moins mes trente écus ?

M. PATELIN.

Sa grote ne retentiſſoit plus du doux chant de ſa voix.

M. GUILLAUME.

Oüais, aurois-je pris quelqu'autre pour lui ?

Madame PATELIN.

Eh ! Monſieur, laiſſez en repos ce pauvre homme.

M. GUILLAUME.

Attendez, il aura peut-être quelque intervale. Il me regarde comme s'il vouloit me parler.

M. PATELIN.

Ah ! Monſieur Guillaume.

M. GUILLAUME.

Oh ! il me reconnoît : Eh bien.

M. PATELIN.

Je vous demande pardon.

M. GUILLAUME.

Vous voyez qu'il s'en ſouvient.

M. PATELIN.

Si depuis quinze jours que je ſuis dans ce Village, je ne vous ſuis pas allé voir.

M. GUILLAUME.

Morbleu ce n'eſt pas là mon compte. Cependant hier....

M. PATELIN.

Oüi, hier, pour vous aller faire mes excuſes, je vous envoyai un Procureur de mes amis.

M. GUILLAUME.

Ventrebleu ! celui-là aura eu mon drap. Un Procureur ! Je ne le verrai de ma vie.... Mais c'eſt une invention, & nul autre que vous n'a eu mon drap; à telles enſeignes....

Madame PATELIN.

Eh! Monſieur, ſi vous lui parlez d'affaires, vous l'allez tuer.

M. GUILLAUME.

A la bonne heure... à telles enſeignes, que feu votre pere devoit au mien, trois cens écus. Ventrebleu ! je ne m'en irai point d'ici ſans drap ou ſans argent.

M. PATELIN.

La Cour remarquera, s'il lui plaît, que la Pirrique étoit une certaine danſe. Taral, là la, la la; danſons tous, danſons tous. Ma commere quand je danſe....

M. GUILLAUME.

Oh ! je n'en puis plus; mais je veux de l'argent.

M. PATELIN.

Oh ! je te ferai bien décamper. Ma femme, ma femme; jentends des voleurs qui ouvrent notre porte;ne les entends-tu pas ? Ecoutons. Paix, paix. Ecoutons, oüi, les voilà ; je les vois. Ah ! coquins, je vous chasserai bien d'ici. Ma halbarde, ma halbarde. Au voleur ! Au voleur !

M. GUILLAUME.

Tu bieu ! il ne fait pas bon ici... Morbleu, tout le monde me vole, l'un mon drap, l'autre mes moutons : Mais en attendant que je tire raison de celui-ci, allons songer à faire pendre l'autre.

Madame PATELIN.

Bon, le voila parti, je me retire; mais demeure encore là un moment, en cas qu'il revînt.

M. PATELIN.

Le voici, au voleur !.. non, c'est Monsieur Bartolin, il m'a vû.

SCENE V.

M. BARTOLIN, M. PATELIN.

M. BARTOLIN.

QUi crie au voleur ? Quel bruit fait-on à ma porte ? Quel désordre est-ce ci ? Ah ! ah ! c'est vous, mon compere.

M. PATELIN.

Oüi, c'est moi qui . . .

M. BARTOLIN.

En cet équipage ?

M. PATELIN.

C'est que j'ai crû . . .

M. BARTOLIN.

Un Avocat sous les armes ?

M. PATELIN.

J'ai crû entendre des . . .

M. BARTOLIN.

Militant causarum patroni

M. PATELIN.

C'est que, vous dis-je, j'ai crû entendre des voleurs qui crochetoient ma porte.

M. BARTOLIN.

Crocheter une porte *coram judice* ?

M. PATELIN.

Je croyois, vous dis-je, qu'il y eût des voleurs.

M. BARTOLIN.

Il en faut faire informer.

M. PATELIN.

Mais il n'y en avoit point.

M. BARTOLIN.

Faire oüir des témoins.

M. PATELIN.

Et contre qui?

M. BARTOLIN.

Et les faire pendre.

M. PATELIN.

Et qui pendre?

M. BARTOLIN.

Point de quartier aux voleurs.

M. PATELIN.

Je vous dis encore une fois, qu'il n'y en avoit point, & que je me suis trompé,

M. BARTOLIN.

Ah! ah! cela étant ainsi, *cedant arma togæ*. Allez quitter cette halbarde, & prendre votre robe, pour venir à l'Audience que je donnerai dans une heure.

M. PATELIN.

C'est aussi ce que je vais faire... Je dois plaider pour certain Berger dont Colette m'a parlé; je pense que le voici, allons quitter cet équipage, & revenons promptement.

SCENE

SCENE VI.

AGNELET, COLETTE.

COLETTE.

TU as besoin d'un Avocat subtile & rusé, qui invente quelque fourberie pour te tirer d'affaire, & il n'y a dans tout le Village, que Monsieur Patelin qui en soit capable.

AGNELET.

J'en fîmes l'expérience, il y a quelque tems feu mon frere & moi; mais je ne sçai comment faire, car j'oubliai de le payer.

COLETTE.

Il ne s'en souviendra peut-être pas; au moins ne lui dis pas que tu sers Monsieur Guillaume, il ne voudroit peut-être pas plaider contre lui.

AGNELET.

Je ne lui parlerai que de mon maître, sans le nommer, & il croira que je sers toûjours ce Fermier avec qui je demeurois quand je te fiançai.

COLETTE.

Voilà ton Avocat. Adieu.

SCENE VII.

M. PATELIN, AGNELET.

M. PATELIN.

AH! ah! je connois ce drôle-ci. N'est-ce pas toi qui a fiancé ma servante Colette.

AGNELET.

Oüi, Monsieur, oüi.

M. PATELIN.

Vous êtiez deux freres que j'ai garantis des galeres, l'un de vous deux ne me paya point.

AGNELET.

C'étoit mon frere.

M. PATELIN.

Vous fûtes malades au sortir de prison, & l'un de vous-deux mourut.

AGNELET.

Ce ne fut pas moi.

M. PATELIN.

Je le vois bien.

AGNELET.

Je fus pourtant plus malade que mon frere; enfin je viens vous prier de plaider pour moi, contre mon maître.

M. PATELIN.

Ton maître, c'eſt ce Fermier d'ici près?

AGENELET.

Il ne demeure pas loin d'ici, & je vous payerai bien.

M. PATELIN.

Je le prétens bien ainſi. Oh ça, raconte-moi ton affaire ſans me rien déguiſer.

AGNELET.

Vous ſçaurez donc que mon bon maître me paye petitement mes gages, & que pour m'indommager ſans lui faire tort, je fais quelque petit négoce avec un Boucher homme de bien.

M. PATELIN.

Quel négoce fais-tu ?

AGNELET.

Sauf votre grace, j'empêche les moutons de mourir de la clavelée.

M. PATELIN.

Il n'y a point de mal, & que fais-tu pour cela?

AGNELET.

Ne vous déplaiſe, je les tuë quand ils ont envie de mourir.

M. PATELIN.

Le remede eſt ſûr; mais ne les tuë-tu pas exprès pour faire croire à ton maître qu'ils ſont morts de ce mal, & qu'il les faut jetter à la voirie, afin de les vendre, & garder l'argent pour toi?

AGNELET.

C'eſt ce que dit mon doux maître, à cauſe que l'autre nuit... quand j'eus enfermé le troupeau... il vit que je pris... un.. un, dirai-je tout?

M. PATELIN.

Oüi, ſi tu veux que je plaide pour toi.

AGNELET.

L'autre jour donc, il vit que je pris un gros mouton qui ſe portoit bien; maſy ſans y penſer, ne ſçachant que faire... je lui mis tout doucement mon coûteau auprès de la gorge, tant y a que je ne ſçai comme cela ſe fit, mais il en mourut d'abord.

M. PATELIN.

J'entends... Quelqu'un te vit-il faire?

AGNELET.

Mon maître étoit caché dans la bergerie, il me dit que j'en avois fait autant de ſix vingt moutons qui lui manquoient... Or vous ſçavez que c'eſt un homme qui dit toûjours la vérité; il me battit comme vous voyez, & je vais me faire trépaner; or je vous prie, comme vous êtes mon Avocat, de faire en ſorte qu'il ait tort, & que j'aye raiſon, afin qu'il ne m'en coute rien.

M. PATELIN.

Je comprens ton affaire, il y a deux voyes à prendre ; la premiere, il ne t'en coutera pas un ſol.

AGNELET.

Prenons celle-là, je vous prie.

M. PATELIN.

Soit. Tout ton bien eſt en argent ?

AGNELET.

Ma fy, oüi.

M. PATELIN.

Il te le faut bien cacher.

AGNELET.

Auſſi ferai-je.

M. PATELIN.

Ton maître ſera contraint de payer tous les dépens.

AGNELET.

Tant mieux.

M. PATELIN.

Et ſans qu'il t'en coûte denier ni maille.

AGNELET.

C'eſt ce que je demande.

M. PATELIN.

Il ſera obligé, s'il te veut faire pendre.....

AGNELET.

Prenons l'autre, s'il vous plaît.

M. PATELIN.

La voici, on va te faire venir devant le Juge.

AGNELET.

Il eſt vrai.

M. PATELIN.

Souviens-toi bien de ceci.

AGNELET.

J'ai bonne ſouvenance.

M. PATELIN.

A toutes les interrogations qu'on te fera, ſoit le Juge, ſoit l'Avocat de ton maître, ſoit moi-même, ne réponds autre choſe que ce que tu entends dire tous les jours à tes bêtes à laine ; tu ſçauras bien parler leur langage, & faire le mouton ?

AGNELET.

Cela n'eſt pas bien difficile.

M. PATELIN.

Les coups que tu as à la tête, me font aviſer d'une adreſſe qui pourra te garantir ; mais je prétends enſuite être bien payé...

AGNELET.

Auſſi ſerez-vous, par cette ame.

M. PATELIN.

Monſieur Bartolin va tout à l'heure donner audience, ne manque point de revenir ici, tu m'y trouveras. Adieu... N'oublie pas de porter de l'argent.

AGNELET.

Servitu... Monſieur Patelin. Que les gens de bien ont de peine à vivre !

Fin du ſecond Acte.

ACTE III.

SCENE PREMIERE.

M. BARTOLIN, M. PATELIN, AGNELET.

M. BARTOLIN.

OR ſus, les Parties peuvent comparoir.

M. PATELIN *à Agnelet.*

Quand on t'interrogera, ne réponds que de la maniere que je t'ai dit.

M. BARTOLIN.

Quel homme eſt-ce là ?

M. PATELIN.

Un Berger qui a été battu par ſon maître, & qui au ſortir d'ici, va ſe faire trépaner.

M. BARTOLIN.

Il faut attendre l'adverſe Partie, ſon Procureur ou ſon Avocat. Mais que nous veut Monſieur Guillaume ?

SCENE II.

M. BARTOLIN, M. GUILLAUME, M. PATELIN, AGNELET.

M. GUILLAME.

JE viens plaider moi-même mon affaire.

M. PATELIN.

Ah ! traître, c'eſt contre Monſieur Guillaume.

AGNELET.

C'eſt mon bon Maître.

M. PATELIN *à part.*

Tâchons de nous tirer d'ici.

M. GUILLAUME.

Oüais ! Quel homme eſt-ce là ?

M. PATELIN.

Je ne plaide que contre un Avocat.

M. GUILLAUME.

Je n'ai pas beſoin d'Avocat... (*à part.*) Il a quelque choſe de ſon air.

M. PATELIN.

Je me retire donc.

M. BARTOLIN.

Demeurez, & plaidez.

M. PATELIN.

Mais, Monſieur.

M.

M. BARTOLIN.

Demeurez, vous dis-je; je veux avoir au moins un Avocat à mon Audience: si vous sortez, je vous raye de la matricule.

M. PATELIN *à part.*

Cachons-nous du mieux que nous pourrons.

M. BARTOLIN.

Monsieur Guillaume, vous êtes le demandeur, parlez.

M. GUILLAUME.

Vous sçaurez, Monsieur, que ce maraut-là...

M. BARTOLIN.

Point d'injures.

M. GUILLAUME.

Eh bien, que ce voleur...

M. BARTOLIN.

Appellez-le par son nom, ou par celui de sa profession.

M. GUILLAUME.

Tant y a, vous-disje, Monsieur, que ce scelerat de Berger m'a volé six-vings moutons.

M. PATELIN *se cachant le visage.*

Cela n'est point prouvé.

M. BARTOLIN.

Q'avez-vous, Avocat?

M. PATELIN.

Un grand mal aux dents.

M. BARTOLIN.

Tantpis, continuez.

M. GUILLAUME.

Parbleu cet Avocat ressemble un peu à celui de mes six aulnes de drap.

M. BARTOLIN.

Quelle preuve avez-vous de ce vol?

M. GUILLAUME.

Quelle preuve? Je lui vendis hier... Je lui ai baillé en garde six aulnes... Six cens moutons, & je n'en trouve à mon troupeau que quatre cens quatre-vingt.

M PATELIN.

Je nie ce fait.

M. GUILLAUME.

Ma foi, si je ne venois de voir l'autre dans la rêverie, je croirois que voilà mon homme.

M. BARTOLIN.

Laissez-là cet homme, & prouvez le fait.

M. GUILLAUME.

Je le prouve par mon drap.. je veux dire par mon livre de compte. Que sont devenuës les six aulnes.... les six-vingt moutons qui manquent à mon troupeau?

M. PATELIN.

Ils sont morts de la clavelée.

M. GUILLAUME.

Têtebleu! je crois que c'est lui-même

M. BARTOLIN.

On ne nie pas que ce ne soit lui-même : *Non est quæstio de personnâ.* On vous dit que vos moutons sont morts de la clavelée : que répondez-vous à cela ?

M. GUILLAUME.

Je répons, sauf votre respect, que cela est faux ; qu'il emporta sous .... qu'il les a tués pour les vendre, & qu'hier moi-même... Oh ! c'est lui... Oüi je lui vendis six... six... Je le trouvai sur le fait, tuant de nuit un mouton,

M. PATELIN.

Pure invention, Monsieur, pour s'excuser des coups qu'il a donné à ce pauvre Berger, qui au sortir d'ici, comme je vous ai dit, va se faire trépaner.

M. GUILLAUME.

Parbleu, Monsieur le Juge, il n'est rien de plus véritable, c'est lui-même. Oüi, il emporta hier de chez-moi six aulnes de drap, & ce matin, au lieu de me payer trente écus.

M. BARTOLIN.

Que diantre font ici six aulnes de drap & trente écus ? il est ce me semble question de moutons volés.

M. GUILLAUME.

Il est vrai, Monsieur, c'est une autre affaire, mais nous y viendrons après ; je ne me trompe pourtant point ! Vous ſçaurez donc que je m'étois caché dans la bergerie... Oh! c'eſt lui très-aſſûrément... Je m'étois donc caché dans la bergerie, je vis venir ce drôle, il s'aſſit là, il prit un gros mouton. &.. & Avec de belles paroles, il fit ſi bien, qu'il m'emporta ſix aulnes. ....

M. BARTOLIN.

Six aulnes de moutons?

M. GUILLAUME.

Non, de drap, lui; maugrébleu de l'homme!

M. BARTOLIN.

Laiſſez-là ce drap & cet homme, & revenez à vos moutons.

M. GUILLAUME.

J'y reviens. Ce drôle donc, ayant tiré de ſa poche ſon coûteau... je veux dire mon drap... non je dis bien, ſon coûteau.. il... il.. il.. il.. il le mit comme ceci ſous ſa robe & l'emporta chez-lui; & ce matin, au lieu de me payer mes trente écus, il me nie drap & argent.

M. PATELIN.

Ah, ah, ah, ah!

M. BARTOLIN.

A vos moutons, vous dis-je, à vos moutons.

M. PATELIN.

Ah, ah, ah, ah!

M. BARTOLIN.

Oüais, vous êtes hors de ſens, Monſieur Guillaume, rêvez-vous ?

M. PATELIN.

Vous voyez, Monſieur, qu'il ne ſçait ce qu'il dit.

M. GUILLAUME.

Je le ſçai fort bien, Monſieur, il m'a volé ſix-vingt moutons ; & ce matin, & ce matin, au lieu de me payer trente écus pour ſix aulnes de drap couleur de maron, il m'a payé de papillons noirs, la Nymphe Calipot, ta ral la, ma comere quand je danſe. Que diable ſçai-je encore ce qu'il eſt allé chercher ?

M. PATELIN.

Ah, ah, ah ! il eſt fou, il eſt fou.

M. BARTOLIN.

En effet, Monſieur Guillaume, toutes les Cours du Royaume enſemble ne comprendroient rien à votre affaire : vous accuſez ce Berger de vous avoir volé ſix-vingt moutons, & vous entrelardez là-dedans, trente écus, des papillons noirs & mille autres balivernes : Eh ! encore une fois, revenez à vos moutons, ou je vais relaxer ce Berger... mais j'aurai plûtôt fait de l'interroger moi-même... Approche-toi. Comment t'appelles-tu ?

AGNELET.

Bée...

M. GUILLAUME.

Il ment, il s'appelle Agnelet.

M. BARTOLIN.

Agnelet ou Bée, n'importe: dis-moi, est il vrai que Monsieur t'avoit baillé en garde six-vingt moutons ?

AGNELET.

Bée...

M. BARTOLIN.

Oüais, la crainte de la Justice, te trouble peut-être ; écoute, ne t'effraye point, Monsieur Guillaume t'a-t'il trouvé de nuit tuant un mouton ?

AGNELET.

Bée...

M. BARTOLIN.

Oh, oh ! que veut dire ceci ?

M. PATELIN.

Les coups qu'il lui a donnés sur la tête, lui ont troublé la cervelle.

M. BARTOLIN.

Vous avez grand tort, Monsieur Guillaume.

M. GUILLAUME.

Moi, tort. L'un me vole mon drap ; l'autre mes moutons; l'un me paye de chansons, l'autre de bée, & encore, morbleu, j'aurai tort !

M. BARTOLIN.

Oüi, tort, il ne faut jamais frapper, sur-tout, à la tête.

M. GUILLAUME.

Oh! ventre bleu! il étoit nuit, & quand je frappe, je frappe par-tout.

M. PATELIN.

Il avoüe le fait, Monsieur, *habemus confitentem reum*.

M. GUILLAUME.

Oh! va, va *confitareum*, tu me payeras mes six aulnes de drap, ou le diable t'emportera.

M. BARTOLIN.

Encore du drap? on se moque ici de la Justice: hors de Cour & de procès, sans dépens.

M. GUILLAUME.

J'en appelle... & pour vous, Monsieur le fourbe, nous nous reverrons.

M. PATELIN.

Remercie Monsieur le Juge.

AGNELET.

Bée... bée...

M. BARTOLIN.

En voilà assez, va vîte te faire trépaner, pauvre malheureux.

SCENE III.

M. PATELIN, AGNÉLET.

M. PATELIN.

OH ça, par mon adresse, je t'ai tiré d'une affaire où il y avoit de quoi te faire pendre; c'est à toi maintenant à me bien payer, comme tu m'a promis.

AGNELET.

Bée.

M. PATELIN.

Oüi, tu as fort bien joüé ton rôle; mais à présent il me faut de l'argent, entends-tu?

AGNELET.

Bée.

M. PATELIN.

Eh! laisse-là ton bée, il n'est plus question de cela, il n'y a ici que toi & moi, veux-tu me tenir ce que tu m'as promis, & me bien payer.

AGNÉLET.

Bée.

M. PATELIN.

Comment, coquin, je serois la dupe d'un mouton vêtu. Testebleu tu me payeras, ou...

SCENE IV.

COLETTE, M. PATELIN.

COLETTE.

Eh ! laiſſez-le aller, Monſieur, il s'agit de bien autre choſe.

M. PATELIN.

Comment donc ?

COLETTE

Les coups qu'il fait ſemblant d'avoir à la tête, nous ont fait aviſer d'un moyen ſûr pour faire conſentir Monſieur Guillaume au mariage de ſon fils avec votre fille, ne ſerez-vous pas bien payé ?

M. PATELIN.

Seroit-il bien poſſible ?

COLETTE.

Agnelet a dit aux Juges qu'il s'alloit faire trépaner ; il eſt mort dans l'opération, & c'eſt Monſieur Guillaume qui l'a tué.

M. PATELIN.

Ah ! je vois de quoi il eſt queſtion : ah fort bien, j'entens.

COLETTE.

Secondez - nous bien ſeulement .... je vais demander juſtice à Monſieur le Juge.

M. PATELIN.

En effet, ce qu'il vient de voir, lui fera

croire aisément qu'Agnelet est mort; & par bonheur Monsieur Gu aume s'est accusé lui même. Il faut avoüer que ce Berger est un rusé coquin, il m'a toûjours trompé moi-même, moi qui trompe quelquefois les autres, mais je lui pardonne si par son adresse je puis marier richement ma fille.

SCENE V.

M. BARTOLIN, M. PATELIN, COLETTE.

M. BARTOLIN.

QUe me dites-vous là? le pauvre garçon! voilà une mort bien promte.

M. PATELIN.

Tout le Village en est déja informé. Comme les malheurs arrivent dans un moment!

COLETTE.

Hi, hi, hi!

M. PATELIN.

La pauvre fille! méchante affaire pour Monsieur Guillaume.

M. BARTOLIN.

Je vous rendrai Justice, ne pleurez pas tant.

COLETTE.

Il étoit mon fiancé, é, é, é!

M. BARTOLIN.

Consolez vous donc, il n'étoit pas encore votre mari.

COLETTE.

Je ne le pleurerois pas tant s'il avoit été mon mari, i, i, i!

M. BARTOLIN.

Il sera puni, & déja sur votre plainte, j'ai donné un decret de prise de corps, on doit me l'amener ici: je vais cependant, pour la forme visiter le corps mort; il est là, dites-vous, chez votre oncle le Chirurgien? Je reviens dans un moment.

SCENE VI.

M. PATELIN, COLETTE.

M. PATELIN.

IL va tout découvrir, s'il ne trouve pas le mort.

COLETTE.

Laissez-le aller, mon oncle est d'intelligence avec nous, & Agnelet a ajûsté dans le lit une certaine tête qui le fera fuir bien vîte.

M. PATELIN.

Mais quelqu'un dans le Village rencontrera peut être Agnelet.

COLETTE.

Il s'est allé cacher dans le Grenier à

soin d'un de nos voisins, d'où il ne sortira que quand le mariage sera tout-à-fait conclu.

SCENE VII.

M. BARTOLIN, COLETTE, M. PATELIN.

M. BARTOLIN.

NOn, de ma vie je n'ai vû une tête d'homme comme celle-là, les coups ou le trépan, l'ont entierement defigurée; elle n'a pas seulement figure humaine, & je n'ai pû la voir un moment sans détourner la vûë.

COLETTE.

Ah, ah, ah!

M. PATELIN.

Que je plains le pauvre Monsieur Guillaume! c'étoit un bon homme, il y avoit plaisir d'avoir affaire à lui.

M. BARTOLIN.

Je le plains aussi, mais que faire? voilà un homme mort, & sa fiancée qui me demande justice.

M. PATELIN.

Colette, que te servira de le faire pendre? Ne vaudroit-il pas mieux pour toi..

COLETTE.

Hélas! Monsieur, je ne suis ni interessée ni vindicative, & s'il y avoit quelque expedient honnête .... Vous sçavez combien j'aime ma Maîtresse votre fille, qui est filleule de Monsieur.

M. BARTOLIN.

Ma filleule ? eh bien, quel interest a-t'elle à tout ceci ?

COLETTE.

Valere, Monsieur, le fils unique de ce Monsieur Guillaume en est amoureux, son pere refuse d'y consentir, vous êtes si habiles l'un & l'autre, voyez s'il n'y auroit pas là quelque expedient afin que tout le monde fût content.

M. BARTOLIN.

Oui, il faut que cette fille se déporte de sa poursuite à condition que Monsieur Guillaume consentira à ce mariage.

COLETTE.

Que cela est bien imaginé !

M. PATELIN.

C'est prendre les voyes de la douceur.

M. BARTOLIN.

Avant que de le mettre en prison on doit me l'amener, il faut que je lui en parle moi-même ; mais y consentez-vous, Monsieur Patelin ?

M. PATELIN.

Hé..., Je n'avois pas encore fait dessein de marier ma fille ... Cependant.... Pour sauver la vie à Monsieur

Guillaume .... Allons, allons j'y donnerai les mains, & je ſerois fâché de faire pendre un homme.

M. BARTOLIN.

J'entens qu'on me l'amene ... Vous, allez vîte faire enterrer ſecretement le mort, afin qu'on ne m'accuſe point de prévarication.

M. PATELIN.

Et moi pour la forme, je vais faire dreſſer un mot de contrat que vous lui ferez ſigner, s'il vous plaît.

SCENE VIII.

M. BARTOLIN, M. GUILLAUME conduit par pluſieurs Archers.

M. BARTOLIN.

AH! Vous voici; eh bien, vous ſçavez Monſieur Guillaume, pourquoi on vous a arrêté.

M. GUILLAUME.

Oui. Ce coquin d'Agnelet dit qu'il eſt mort.

M. BARTOLIN.

Il l'eſt véritablement, je viens de le voir moi-même, & vous avez avoüé le fait.

M. GUILLAUME.

Peſte ſoit de moi!

M. BARTOLIN.

Oh çà, j'ai une chose à vous proposer, il ne tient qu'à vous de sortir d'affaires, & de vous en retourner chez vous en liberté.

M. GUILLAUME.

Il ne tient qu'à moi? Serviteur donc.

M. BARTOLIN.

Oh attendez, il faut sçavoir auparavant si vous aimez mieux marier votre fils que d'être pendu.

M. GUILLAUME.

Belle proposition! je n'aime ni l'un ni l'autre.

M. BARTOLIN.

Je m'explique. Vous avez tué Agnelet, n'est il pas vrai?

M. GUILLAUME.

Je l'ai battu; s'il est mort, c'est sa faute.

M. BARTOLIN.

C'est la vôtre. Ecoutez, Monsieur Patelin a une fille belle & sage.

M. GUILLAUME.

Oui, & gueuse comme lui.

M. BARTOLIN.

Votre fils en est amoureux.

M. GUILLAUME.

Et que m'importe?

M. BARTOLIN.

La fiancée du mort se départ de sa

pourſuite ſi vous conſentez à leur mariage.

M. GUILLAUME.

Je n'y conſens point.

M. BARTOLIN.

Qu'on le mene en priſon.

M. GUILLAUME.

En priſon, maugrebleu !... Laiſſez-moi au moins aller dire chez moi qu'on ne m'attende point.

M. BARTOLIN.

Ne le laiſſez pas échaper.

SCENE IX.

M. PATELIN, M. GUILLAUME, M. BARTOLIN, VALERE, HENRIETTE, COLETTE,

M. PATELIN.

VOilà le Contrat... Monſieur, ſur le malheur qui vous eſt arrivé, toute ma famille vient vous offrir ſes ſervices.

M. GUILLAUME.

Que de Patelineurs ?

M. BARTOLIN.

Allons, voici toutes les Parties ; expliquez-vous vîte. Voulez-vous ſortir d'affaire?

M. GUILLAUME.

Oui.

M. BARTOLIN.

Signez ce Contrat.

M. GUILLAUME.

Je n'en veüx rien faire.

M. BARTOLIN.

En priſon, & les fers aux pieds.

M. GUILLAUME.

Les fers aux pieds! tubieu comme vous y allez!

M. BARTOLIN.

Ce n'eſt encore rien, je vais tout-à-l'heure vous faire donner la queſtion.

M. GUILLAUME.

Donner la queſtion!

M. BARTOLIN.

Oui, la queſtion ordinaire & extraordinaire, & après cela je ne puis éviter de vous faire pendre.

M. GUILLAUME.

Pendre? miſéricorde!

M. BARTOLIN.

Signez donc; ſi vous differez un moment, vous êtes perdu, je ne pourrai plus vous ſauver

M. GUILLAUME.

Juſte ciel! Que me faut-il faire?

M. BARTOLIN. *pendant que M Guillaume ſigne.*

Je l'ai oui direà un fameux Medecin que les coups à la tête ſont dangereux comme le diable.... Voilà qui eſt bien je vais jetter au feu la Procedure, & je vous en felicite.

M. GUILLAUME.

Oui, j'ai fait aujourd'hui de belles affaires!

M. PATELIN.

L'honneur de votre alliance....

M. GUILLAUME.

Ne vous coûte guére.

VALERE.

Mon pere je vous proteste....

M. GUILLAUME.

Va-t'en au diable.

HENRIETTE.

Monsieur je suis fâchée....

M. GUILLAUME.

Et moi aussi.

COLETTE.

Que me donnerez vous à la place de mon fiancé.

M. GUILLAUME.

Les moutons qu'il m'a volez.

SCENE DERNIERE.

Tous les Acteurs de la Scene precedente.

UN PAYSAN, AGNELET.

LE PAYSAN *à Agnelet.*

MArche, marche, de par le Roi.

AGNELET.

Miſericorde !

M. GUILLAUME.

Ah ! Traître tu n'es pas mort ? il faut que je t'étrangle ; il ne m'en coûtera pas davantage.

M. BARTOLIN.

Attendez ; d'où ſort ce ſantôme ?

LE PAYSAN.

J'avons trouvé ce voleur dans nout grenier, parquoi je le mene en priſon.

M. BARTOLIN.

Ouais ? Tu n'as plus de coup à la tête ?

AGNELET.

Ma fy, non.

M. BARTOLIN.

Qu'eſt-ce donc qu'on m'a fait voir dans un lit chez un Chirurgien ?

AGNELET.

Une tête de viau, Monſieur.

M. GUILLAUME.

Allons, puiſqu'il n'eſt pas mort, rendez-moi ce Contrat que je le déchire.

M. BARTOLIN.

Cela eſt juſte.

M. PATELIN.

Oui, en me payant un dédit qu'il contient de dix mille écus.

M. GUILLAUME.

Dix mille écus ? Il faut bien par force que je laisse la chose comme elle est, mais vous me payerez les trois cens écus de votre Pere.

M. PATELIN.

Oui, en me portant son billet.

M. GUILLAUME.

Son billet ?... Et mes six aunes de drap ?

M. PATELIN.

C'est le présent des nôces.

M. GUILLAUME.

De nôces. Au moins je tâterai de l'oye.

M. PATELIN.

Nous l'avons mangé à dîner.

M. GUILLAUME.

(*Montrant Agnelet.*)

A dîner ? Oh ! Ce scélerat payera pour tous & sera pendu.

VALERE.

Mon pere, il est tems de l'avoüer, tout ceci ne s'est fait que par mon ordre.

M. GUILLAUME.

Me voilà bien payé de mon drap & de mes moutons.

Fin du troisiéme & dernier Acte.

www.ingramcontent.com/pod-product-compliance
Ingram Content Group UK Ltd.
Pitfield, Milton Keynes, MK11 3LW, UK
UKHW020324220726
13923UKWH00003B/1355